AGP-0158

CHILDREN'S DEPT.
DISCARDED BY
MEMPHIS PUBLIC LIBRARY

BRINGING OUR COMMUNITY THE LIBRARY OF TOMORROW

PROJECT
Info
HUB

Gift from

Jabie and Helen Hardin

Y0-CMI-962

Première édition dans la collection *lutin poche* : octobre 1997
© 1995, l'école des loisirs, Paris
Loi numéro 49 956 du 16 juillet 1949 sur les publications
destinées à la jeunesse : mars 1995
Dépôt légal : octobre 1997
Imprimé en France par Jean Lamour à Maxéville

Jeanne Ashbé

Et pit et pat
à quatre pattes

Pastel
lutin poche de l'école des loisirs
11, rue de Sèvres, Paris 6e

Et pit et pat
À quatre pattes
Et li et la
Que vois-tu là ?

Bêêêêêêêêêêê...

Un mouton tout blanc ?

Non pi, non pas
À quatre pattes
Tu vois là...
Un fauteuil.

Et pit et pat
À quatre pattes
Et li et la
Que vois-tu là ?

Vrooôâââmmm...

Une toute petite auto
Et un énorme gratte-ciel ?

Non pi, non pas
À quatre pattes
Tu vois là...
La bibliothèque.

Et pit et pat
À quatre pattes
Et li et la
Que vois-tu là ?

Chuuuuuuuuut...

Un gros éléphant gris ?

Non pi, non pas
À quatre pattes
Tu vois là...
Un arrosoir.

Et pit et pat
À quatre pattes
Et li et la
Que vois-tu là ?

Houou... Houou...

Un fantôme ?

Non pi, non pas
À quatre pattes
Tu vois là...
Le lavabo.

Et pit et pat
À quatre pattes
Et li et la
Que vois-tu là ?

Scronch, scronch…

Des grands arbres
Avec des pommes ?

Non pi, non pas
À quatre pattes
Tu vois là...
Une table.

Et pit et pat
À quatre pattes
Et li et la
Que vois-tu là ?

Clop, clop, clop...

Un ours et une girafe
Dans une roulotte ?

Non pi, non pas
À quatre pattes
Tu vois là...
Ton petit lit !